I00662122

# ZOÉ

NON ! nous n'avons plus les sorcières que nous avions autrefois ! elles avaient un grand nez avec une verrue poilue et s'habillaient tout en noir. OUI ! elles étaient vieilles et très laides...

AUJOURD'HUI c'est très différent, elles sont jeunes et belles, elles portent des fringues d'enfer et font tourner la tête de tous les garçons de l'école... PLUSIEURS FOIS !

EH OUI ! une chose par contre n'a cependant pas changé du tout, elles sont toujours aussi... CRUELLES ET MÉCHANTES !

© 2006

Boomerang éditeur jeunesse remercie la SODEC pour l'aide accordée à son programme éditorial.

ISBN-10 : 2-89595-188-8
ISBN-13 : 978-2-89595-188-9

Imprimé au Canada

Dépôt légal : Bibliothèque et Archives nationales du Québec, 4e trimestre 2006

Gouvernement du Québec – Programme de crédit d'impôt pour l'édition de livres – Gestion SODEC

Boomerang éditeur jeunesse inc.
Québec (Canada)

Courriel : edition@boomerangjeunesse.com
Site Internet : www.boomerangjeunesse.com

Modèles numériques fournis par : Daz 3D, Renderosity, HandspanStudio, ThorneWorks, Patrick A. Shields, TrekkieGrrrl, HIM666, Amber Jordan, Maya, Laura Gilkey, 3dmodelz, Aya-Zoozi, Poism, Jen, Jaguarwoman, Uzilite, Nymesis, Epken, HMG Designs, Quarker, Anton's FX, 3D Universe, Hankster, Gerald Day, Palladium 17, HMann et plusieurs autres...

Il était **2** fois...

J'ai un peu le trac !

Bon ! Alors c'est moi qui vais lui expliquer. Il était **2** fois... est un roman TÊTE-BÊCHE, c'est-à-dire qu'il se lit à l'endroit, puis à l'envers.

NON ! NE TE METS PAS LA TÊTE EN BAS POUR LE LIRE... Lorsque tu as terminé une histoire, tu peux retourner le livre pour lire l'autre version de cette histoire. CRAQUANT, NON ? Commence par le côté que tu désires : celui de **4**-Trine ou mon côté à moi... Zoé !

J'peux continuer ? BON ! Et aussi, tu peux lire une histoire, et lorsque le texte change de couleur, retourne ton livre. À la même page de l'autre côté, tu vas découvrir des choses...

Deux aventures dans un même livre.

Tu crois qu'elle a capté ?

CERTAIN ! Elle a l'air d'être aussi brillante et géniale que nous...

nous allons commencer par les présentations

ZOÉ

non mais, quelle tête!

4-trine

Chouchoute du prof!!!

ARCHI FAUX!
qui a écrit ce mensonge odieux...
Je vais le dire au prof...
Euh! Laissez faire!

4-trine, avant c'était Catherine...
Elle est la preuve qu'il y a de la vie
sur une autre planète...

BLAGUE

ma meilleure chumie!

ALEX
Si tu le
trouves
mignon, prends un numéro, car
tu n'es pas la seule...

FRÈRE DE ZOÉ

Bon!
elle...
c'est

notre prof...?
Gentille? oui
Des fois

Capucine
ou capu
méchante capu

C'est
la
chatte de...
4-trine!
Tu as deviné à cause
des pics roses
sur sa
tête, hein?

Poupou Vaudée
Sert à jeter toutes
sortes de sortilèges:
AUX GARÇONS!
COOL!

Poupoulidou
est un petit extraterrestre
qui ne désire qu'une
chose: anéantir la
race humaine...
Mais sa maman, ni
veut pas car ce n'est pas
bien!

vendredi matin, juste quelques minutes avant le début des classes. Zoé et 4-Trine regardent les autres élèves qui arrivent dans la cour.

Comme elles, ils sont tous très silencieux. C'est assez étonnant en cette dernière journée d'école. D'habitude, une belle euphorie règne partout.

**OUAIS !** il y a une très bonne raison à cela : il s'est passé des choses depuis le début de la semaine... **DES CHOSES ÉTRANGES !** « Des choses dont il vaut mieux ne pas parler ! » insistait la grand-mère de Zoé...

Charles arrive près d'elles...

4-Trine lui sourit.

— Eh, Charles, ça va aujourd'hui ?

— Beaucoup mieux ! répond le jeune garçon, qui venait de vivre toute une aventure.

— Ta tête était complètement retournée de l'autre côté de ton corps, du côté de ton dos, 90 degrés, se rappelle Zoé. Je ne comprends pas que tu ne sois pas à l'hôpital ce matin... Mais comment est-ce arrivé ?

**POUAH !**

— Je ne sais pas, raconte Charles. Je marchais tout bonnement comme ça, sur le trottoir. Je n'ai pas été happé par un camion comme plusieurs le pensaient, **non** ! Je regardais tout simplement deux filles qui étaient assises sur le bord de la fenêtre du club Vidéo Pop lorsque tout à coup,

ma tête s'est complètement retournée. J'ai réussi à retenir mes larmes mais j'étais tellement paniqué.

Zoé poursuit la discussion avec Charles pendant que son amie 4-Trine se met à réfléchir…

— Tu n'as rien remarqué, une fraction de seconde seulement avant que cela se produise ? essaie-t-elle de comprendre. Je ne sais pas moi, la branche d'un arbre que tu n'aurais pas aperçue…

— Mais Zoé ! lui précise Charles, tu sais parfaitement qu'il n'y a qu'un arrêt de bus devant le club vidéo… **PAS D'ARBRES** !

# MÉGA ÉTRANGE !

Zoé se gratte la tête comme le font les singes…

— Mais il y a quelque chose qui me revient maintenant, se souvient le garçon. Juste avant que ma tête tourne, une des deux filles a lancé, dans ma direction, une espèce de poudre rose…

Zoé est tout à coup prise d'une de ses fameuses crises de curiosité.

Elle se retourne vers son amie 4-Trine...

Elles sont muettes toutes les deux, mais leur regard est des plus éloquents. Charles observe Zoé, ensuite 4-Trine...

— Qu'est-ce que vous avez, les filles ? J'ai dit quelque chose qu'il ne fallait pas ?

— Non, Charles ! le rassure Zoé.

— T'en fais pas Charles, lui dit 4-Trine en le prenant par le cou. Tu vas mieux, c'est ce qui compte.

La sonnerie de l'école retentit.

« ELLE T'AIME ! YEAH ! YEAH ! YEAH ! »

Charles, Zoé et 4-Trine se dirigent vers le gymnase, parce que ce matin, c'est le cours d'éducation physique.

Dans le gym, tous les élèves de la classe attendent le prof, Marco. Celui-ci, étrangement, n'a jamais l'habitude d'être en retard. Il est toujours très ponctuel et ne rate jamais un cours, même lorsqu'il est très malade...

Zoé se ronge un ongle et écoute Sara et Nadine qui lui parlent du film d'horreur qu'elles ont regardé hier soir. Elles étaient toutes les deux seules dans le sous-sol de la maison des parents de Nadine, dans le noir, avec seulement une chandelle allumée, pour l'ambiance...

— Vous êtes folles ! leur dit Zoé. Moi, je ne peux pas regarder ce genre de film avant de me coucher parce que chaque fois, je finis par m'endormir seulement cinq minutes avant que sonne le réveil.

— **C'EST LA MÊME CHOSE POUR MOI** ! se réjouit Sara, qui croyait être la seule à qui ça arrivait ! Je n'ai presque pas fermé l'œil de la nuit tellement j'étais effrayée. C'était une histoire de sorcières diaboliques qui jetaient des sorts terribles aux gens.

— Des pustules poussaient partout sur le corps des envoûtés, précise Nadine. Il y avait même une sorte de ver gluant tout visqueux, qui se promenait sous la peau...

**BRR**..

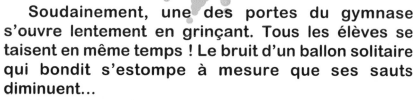

Soudainement, une des portes du gymnase s'ouvre lentement en grinçant. Tous les élèves se taisent en même temps ! Le bruit d'un ballon solitaire qui bondit s'estompe à mesure que ses sauts diminuent...

Une main colorée glisse dans l'ouverture et un homme, le visage maquillé à la façon d'un tigre, apparaît. Un silence lugubre envahit le gymnase. La porte s'ouvre complètement...

**9**

ÉCOLE
WOOPIVILLE

10

L'homme porte les mêmes stries noires sur toute la peau orangée de son corps. Éberlués, tous les élèves demeurent muets.

Il referme doucement la porte derrière lui. Zoé lance un regard à 4-Trine.

— Qui c'est, ce clown ? se demande-t-elle. Est-ce que c'est le jour de l'Halloween et je l'aurais oublié ?

— Je tiens, avant que nous débutions, commence à dire l'homme costumé...

Tous les élèves reconnaissent la voix de Marco, le professeur d'éducation physique.

— MAIS EST-CE BIEN VOUS, MONSIEUR ? demande Maxime. Cet accoutrement est votre nouveau costume pour faire de l'exercice ?

— Pensez-vous pouvoir courir plus vite avec ce costume, monsieur ? se moque Étienne. Vous voulez courir comme un léopard...

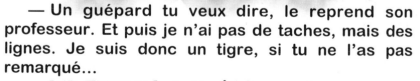

— Un guépard tu veux dire, le reprend son professeur. Et puis je n'ai pas de taches, mais des lignes. Je suis donc un tigre, si tu ne l'as pas remarqué...

— UN TIGRE ! répète Étienne, qui poursuit son petit manège. Mais monsieur, vous n'allez tout de même pas nous dévorer, j'espère...

Plusieurs élèves se mettent à rire. Zoé campe ses poignets sur ses hanches.

— Vraiment con Étienne, des fois, souffle-t-elle à 4-Trine...

Étienne continue :

— Parce que si vous avez un petit creux, ne nous mangez pas, je vous en prie. Je crois que ma mère m'a fait un **DÉLICIEUX** sandwich à la viande de ZÈBRE ! Si vous le voulez, il est dans ma boîte à lunch dans mon casier...

Le professeur soupire profondément.

— Aujourd'hui, Étienne, tu tombes vraiment mal, car je suis de très mauvais poil...

Étienne se retourne vers les autres élèves.

— **DE TRÈS MAUVAIS POIL** ! répète-t-il très fort. Poil, tigre, vous la captez celle-là ?

— Alors vous allez donc commencer par faire cinquante fois le tour du gymnase, au pas de course progressif.

Plusieurs élèves manifestent leur mécontentement...

Le professeur poursuit :

— Ensuite, vous me ferez tous trois séries de vingt-cinq *push-up*...

Abattus par la somme d'exercices à accomplir, les élèves baissent les épaules de découragement...

— N'oubliez pas que tout cela est une gracieuseté de votre ami de classe...

C'est maintenant au tour d'Étienne de se faire huer.

CHOOOOUUUUUUUU !

Zoé et 4-Trine font toutes les deux quelques tours puis s'arrêtent devant leur professeur qui, assis sur un banc, la tête entre les genoux, regarde le plancher.

— Est-ce que ça va, monsieur Marco ? lui demande Zoé d'une toute petite voix.

Le bruit des pas des autres élèves qui courent fait écho sur les murs.

Marco lève la tête...

— Je ne sais pas comment c'est arrivé, essaie-t-il encore de comprendre. Je sais que j'ai un problème d'allergie aux poils de chat, mais ceci est complètement ridicule...

4-Trine examine les bras de son professeur.

— Avez-vous touché un chat hier ? lui demande Zoé.

— NON ! pas que je me souvienne. Je suis allé au club vidéo pour louer deux films : un drame d'espionnage et un autre...

**D'HORREUR !**

— Ça ne peut pas être une réaction allergique, en déduit 4-Trine. Vous avez même des poils de la couleur de celle d'un tigre. C'est autre chose...

Un hurlement de terreur retentit soudain...

Dans le coin le plus éloigné du gymnase, tous les élèves accourent vers Nadine...

Zoé, 4-Trine et leur professeur se précipitent eux aussi. Nadine est agenouillée au milieu de tous les autres élèves. Elle pleure, elle tremble. Partout sur son corps viennent de pousser des dizaines de pustules tout à fait répugnantes.

— Exactement comme dans le film d'horreur qu'elle a regardé avec Sara, dit Zoé à 4-Trine.

Soudain, Sara se met, elle aussi, à crier...

Tous se retournent vers elle. Sous sa peau, une forme sinueuse se promène librement... UN GROS VER !

Dégueulasse ! à vomir !

À la demande pressante de monsieur Marco, Zoé court chercher l'infirmière de l'école. En constatant l'état des deux jeunes filles, elle n'a d'autre choix que de demander l'aide de la police qui, craignant une épidémie virulente, informe les autorités de la ville.

**14**

L'école est très vite mise en quarantaine et tous les élèves doivent passer un examen sévère avant de pouvoir recouvrer leur liberté, plus tard dans la journée...

Zoé attend 4-Trine à l'extérieur. Elle a passé avec succès toute la batterie de tests des médecins et discute maintenant avec Charles.

— Et puis toi aussi, avec ta tête qui s'est retournée, comme ça, pour rien...

Charles hausse les épaules en signe d'incompréhension.

— Où allais-tu lorsque c'est arrivé ?

— Je rapportais un film au Vidéo Pop.

Zoé le regarde, les yeux grands ouverts.

— Quel film as-tu regardé ?

— *La malédiction des sorcières* ! répond Charles. Un drame d'horreur absolument dégoûtant...

— Tu as rapporté ce film hier ?

— Pas encore !
Je n'ai pas pu à cause de
mon accident. Il est encore
dans mon sac à dos. Je vais y aller
avant de rentrer chez moi.

— PAS QUESTION !

4-Trine arrive toute grimaçante en se
frottant le bras...

— CE SONT DES maniaques ! se
plaint-elle en arrivant près de Zoé et
Charles. Ils ont failli me disséquer comme
une vulgaire grenouille de laboratoire...

— HÉ HOOOO ! YO !

arrête tes lamentations, nous avons du
boulot, lui intime son amie Zoé. J'ai
comme l'idée que tous les malheurs
qui frappent la ville proviennent d'un

simple film. Premièrement, il faut donc que nous regardions ce film.

— C'est ce que je pense moi aussi, lui dit 4-Trine. J'ai compris qu'il y avait un lien entre tous ces incidents : UN FILM ! Mais il y a un GROS PROBLÈME ! Comment crois-tu que nous allons le trouver, ce film, si TOUT LE MONDE en a pris un exemplaire ?

Zoé lui montre celui de Charles.

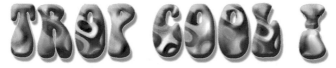

— Dans une heure chez moi, leur dit 4-Trine, après les devoirs. Nous allons visionner ce film de sorcières... ENSEMBLE !

BILOU ! BILOU ! BILOU !

Zoé arrive devant chez elle...

Devant la porte du garage, son frère Alex est couché sous sa moto et fait une réparation.

Zoé s'approche de lui.

— Salut Alex ! Maman est arrivée ?

— Non pas encore ! lui répond son frère.

Zoé s'assoit par terre près de lui.

— Je voudrais te demander quelque chose.

— Quoi encore ? Tu veux savoir des choses sur les garçons ?

— **non !** s'offusque sa sœur. C'est assez sérieux.

Alex tend son bras vers Zoé.

— Passe-moi la clé à molette, s'il te plaît.

Zoé cherche autour d'elle, parmi tous les outils éparpillés sur le sol.

COMPLIQUÉ !

— À quoi ça ressemble, une clette à mollée ?

— **une clé à molette** ! la reprend-il. Celle-là, près de ton genou.

Zoé regarde avec dédain l'outil couvert de graisse noire. Elle le prend du bout des doigts et le donne à son frère...

— Qu'est-ce que tu veux savoir ?

— Est-ce que tu crois que les sorcières existent ?

Alex sort la tête de dessous sa moto.

— Bien sûr !

Zoé le regarde, très surprise.

— OUI ! toutes les filles sont des sorcières, moi je pense... Elles **envoûtent les garçons** !

— JE SUIS SÉRIEUSE !

— Je ne sais pas moi, lui répond alors Alex. Pourquoi me demandes-tu une chose pareille ? Tu en as rencontré une ?

— **non ! Deux !**

Alex ressort la tête...

— Sans blague ?

— Tout à fait ! Lorsque les gens louent un certain film, ils subissent TOUS un mauvais sort. Un film de sorcières ! *LA MALÉDICTION DES SORCIÈRES !*

Alex cesse de bouger.

— C'est vraiment bizarre, car depuis que j'ai regardé ce film chez Shannie, je n'arrive plus à faire démarrer ma moto. J'ai dû la pousser jusqu'ici...

Alex s'extirpe de son repaire et se place près de sa sœur.

— Je n'ai jamais eu peur d'un film auparavant, mais celui-là m'a vraiment donné des frissons, lui avoue son frère. C'est la première fois que ça m'arrive...

Et comment se termine ce film ? Tu l'as regardé jusqu'à la fin ?

—

— Comment est-ce qu'ils parviennent à se débarrasser des sorcières ?

Zoé écoute l'histoire de son frère et court ensuite dans sa chambre pour téléphoner à son amie 4-Trine.

La ligne est occupée...
Une fois ! Deux fois ! Trois fois ! Maintenant, ça y est...

BILOU ! BILOU ! BILOU !

— QUOI ENCORE !
— MAIS QU'EST-CE QUE TU FOUTAIS ? lui lance Zoé. Tu passes ton temps au téléphone au lieu de travailler ? À qui causais-tu ?
— Laisse faire, ce n'est vraiment pas important.
— Tu parlais avec Zoumi, n'est-ce pas ? la taquine son amie. OUUUU ! ZOUMI !
— Est-ce que quelqu'un t'a déjà boudé, comme pendant... genre... tout un siècle ?
Zoé cesse d'asticoter son amie.
— Mais qu'est-ce que tu as ? Tu sembles énervée.
— Le téléphone ne dérougit pas et je n'ai même pas eu le temps d'ouvrir mes cahiers, se plaint-elle. Si ça continue, je vais QUADRUPLER mon année...

— Tu exagères comme ce n'est pas possible. Je t'appelais juste pour te dire que tout se confirme : mon frère Alex a lui aussi regardé ce film de

sorcières et depuis, il n'arrive plus à faire démarrer sa moto...

— Bon, je te laisse, lui dit Zoé... À TANTÔT !

Dans la chambre de 4-Trine, tout le monde est là : Zoé, Charles et Zoumi.
— Je peux m'asseoir près de vous, 4-Trine, merci ? lui demande poliment Zoumi.

—

Zoumi s'assoit quand même à côté d'elle.
4-Trine attrape le gros sac de maïs soufflé que Zoé a apporté.
Charles la regarde et lui fait signe d'être plus patiente envers Zoumi. 4-Trine ouvre le sac et le tend à Zoumi.

— Merci ! Merci !

— Un seul ça suffit ! lui dit 4-Trine.

— UN SEUL GRAIN DE MAÏS ! s'étonne Zoumi. Ce n'est pas beaucoup ! Merci !

— **non** ! lui précise-t-elle. Un seul merci ! Un seul merci, ça suffit.

— Merci ! répète Zoumi en faisant les yeux doux à 4-Trine qui, elle, regarde au plafond.

Zoé, agenouillée devant la télé, insère le disque dans le lecteur. 4-Trine appuie sur la *zappette*. L'écran sursaute et scintille.

— OUAH ! MERCI ! s'écrie Zoumi.

À côté de lui, 4-Trine sursaute.

— **IDIOT** ! s'exclame-t-elle. Tu ne vas pas dire merci chaque fois que l'image saute ?

— OUAH ! MERCI ! s'écrie à nouveau Zoumi lorsqu'il aperçoit l'image à l'écran, l'image d'un paysage plutôt austère : des arbres morts, un champ dénudé de végétation, des roches, rien d'autre. Tous les quatre observent, muets.

Zoé recule vers ses amis en ne quittant pas la télé du regard. 4-Trine appuie sur le bouton, car il n'y a aucun son. La ligne verte du curseur se balade sur l'écran. **TOUJOURS RIEN** ! Elle fait grimper la puissance au maximum. Seul le grésillement du haut-parleur brise le silence.

Soudainement, Charles pointe l'écran.

— Je me rappelle avoir vu cette scène hier, mais il y avait deux filles et maintenant elles ne sont plus là !

Zoé regarde 4-Trine...

— Tu en es certain ? lui demande 4-Trine.

— Et puis il y avait un titre, de la musique, du son...

4-Trine fait avancer le film plusieurs fois, mais sur l'écran n'apparaît que ce paysage étrange...

La peur s'empare de Charles qui, avec raison, craint que ne lui arrive un autre malheur.

— Bon, alors vous avez vu...

Il se lève et se dirige vers la porte.

— Mais qu'est-ce que nous avons vu ? demande Zoé. Nous n'avons absolument rien aperçu.

Zoumi le suit.

**OH LÀ LÀ !!!** j'allais presque oublier, dit-il. Je dois sortir mon chien pour sa petite randonnée quotidienne.

Zoé et 4-Trine ne comprennent pas du tout !

— Mais tu n'as même pas de chien ! lui rappelle Zoé.

Charles est visiblement très apcuré.

— VOU-VOUS VOYEZ ! répond-il en bafouillant. Je dois même aller m'en acheter un...

Et il les quitte avec son ami Zoumi en laissant la porte ouverte.

Zoé regarde 4-Trine d'un air éberlué.

— Mais qu'est-ce que c'était que cette scène ? Il avait réellement peur, non mais, tu as vu ?

**MÉGA ÉTRANGE !**

— Nous n'avons pas du tout besoin de ces pleutres, lui répond 4-Trine. Nous allons découvrir, nous, ce qui se passe avec ce film et ses supposées sorcières.

Zoé et 4-Trine examinent l'écran, qui n'a toujours pas changé. C'est toujours le même paysage gris. L'image saute quelquefois, c'est tout.

— Reconnais-tu cet endroit ? demande Zoé à son amie.

4-Trine s'approche de la télé et remarque qu'en regardant de côté, elle peut apercevoir une étrange construction en pierre...

— Je vois quelque chose, s'exclame-t-elle, le visage collé sur l'écran.

Zoé s'approche et aperçoit, elle aussi, le château. Elle s'éloigne de la télé et reconnaît maintenant le paysage.

— C'est ici, tout près de Woopiville, s'exclame-t-elle alors. Ce paysage, c'est la butte du diable.

4-Trine se place à côté d'elle.

— **TU AS RAISON !** Mais il n'y a pas de château là-bas. Nous avons visité ce coin tellement souvent avec l'école que je m'en souviendrais. Un château n'est pas une chose qu'un enfant oublie.

— Tu as des billets d'autobus ? Allons-y tout de suite, lui annonce Zoé.

Autobus 45, en direction de la butte du diable. C'est le temps pour Zoé et 4-Trine de lire une page ou deux de leur bande dessinée préférée.

# Poupoulidou PART 16

LE DOCTEUR BOBOSTEINDOU EST CATÉGORIQUE. IL FAUT QUE POUPOULIDOU PASSE UN RAYON Z. C'EST LA SEULE MANIÈRE DE SAVOIR CE QU'IL SE PASSE DANS SON CERVEAU. IL Y A DES RISQUES CEPENDANT, POUPOULIDOU POURRAIT ÊTRE RÉDUIT EN CENDRES PAR LA MACHINE À RAYONS Z...

MAMANLIDOU DIT QU'ELLE EST PRÊTE À COURIR LE RISQUE.

JE SUIS PRÊTE À COURIR LE RISQUE...

LE RÉSULTAT N'EST PAS TRÈS, TRÈS ENCOURAGEANT.

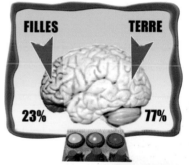

FILLES    TERRE

23%    77%

## MAIS OÙ EST PASSÉ POUPOULIDOU ?

AURAIT-IL ÉTÉ TÉLÉPORTÉ ACCIDENTELLEMENT SUR LA TERRE ? (QU'IL DÉTESTE, SOIT DIT EN PASSANT.)

LA SUITE DANS LE PROCHAIN NUMÉRO.

Dix minutes plus tard…

Les portes du bus s'ouvrent. Zoé et 4-Trine débarquent. Devant eux s'étalent de vastes étendues austères et grisâtres. Ça leur rappelle des souvenirs mais, la grande construction en pierre qu'elles aperçoivent là-bas au loin, c'est la première fois qu'elles la voient.

— C'est quoi ce château aux tours sinueuses et aux toits tordus ? fait Zoé, abasourdie. On dirait qu'il a été construit il y a des siècles, à l'époque médiévale.

4-Trine examine le château.

— Je pense qu'il n'y a qu'une explication logique, répond-elle à son amie. Il a toujours été là...

**N'iMPORTE QUOi !**

— Mais qu'est-ce que tu dis ? crache Zoé. Nous sommes passées des centaines de fois sur cette route, nous l'aurions vu avant. **IL SAUTE AUX YEUX !**

— Il était sans doute invisible avant, ajoute 4-Trine.

Zoé la dévisage.

— Mais qu'est-ce que tu dis ? Tu dérapes...

— **non madame !** je ne vois pas d'autres hypothèses.

4-Trine se dirige d'un pas décidé vers le château. À quelques mètres, elles rampent toutes les deux sur le sol pour ne pas être vues.

— **Je vais être toute crottée !** se plaint Zoé, à plat ventre sur le sol.

— Arrête de chialer, tu vas nous faire repérer...

— Repérer par quoi ou par qui ? veut savoir Zoé. Des sorcières du film ?

— Par la chauve-souris qui garde l'entrée, lui répond 4-Trine.

Zoé lève un peu la tête et aperçoit une grande créature ailée perchée tête en bas à l'entrée du château.

— **C'est quoi cette horreur !** s'écrie-t-elle en s'effondrant complètement sur le sol.

— Je ne sais pas, mais je pense que nous sommes dans une sorte de cauchemar ou un film. Je te parie qu'il y a des gens qui nous

regardent à la télé, confortablement assis dans leur fauteuil…

Zoé lève encore la tête pour examiner derrière elle.

— Mais qu'est-ce qu'elle raconte ? se demande Zoé. Il n'y a personne d'assis sur la butte du diable dans un fauteuil. Elle veut me faire marcher. **OUI** ! marcher, c'est ce que je veux faire, pas ramper.

— Je ne vois personne ! lance soudain Zoé, qui ne voit en effet absolument rien, même au loin, à l'horizon…

# TÊTE DE NOEUDS !

— Il n'y a qu'eux qui puissent nous voir, si ma théorie est bonne.

— Qu'est-ce qu'on fait avec madame ? demande Zoé.

— AVEC QUI ? MADAME QUI ?

— Madame la chauve-souris !

— Il n'y a qu'une façon de le savoir, dit 4-Trine. Allons vers elle. Il faut cependant prendre nos précautions. Je vais aller vers elle. Toi, tu fabriqueras un crucifix, avec cette branche-là par terre. Si j'ai un pépin, tu interviens.

— UN CRUCIFIX ! répète Zoé. Comme dans les films de vampires. Tu crois vraiment que ça va fonctionner ?

— Si nous sommes réellement, nous aussi, dans un film, en ce moment même...

4-Trine se lève lentement et se dirige vers l'entrée du château...

Zoé observe 4-Trine, qui avance d'un pas mal assuré vers l'énorme créature. Mais, arrivée à sa hauteur, voilà que la chauve-souris se jette devant elle...

Frénétique, Zoé ramasse le bout de branche et prend une bande élastique de sa poche. Elle lève la tête vers son amie, qui lui fait un signe de la main...

— Je n'aurai jamais le temps d'intervenir, balbutie-t-elle en bricolant rapidement la croix. Si 4-Trine se fait tuer par ce monstre... ELLE M'EN VOUDRA TOUTE SA VIE !

**PAS COOL !**

L'objet terminé, Zoé se lève d'un seul bond.

La chauve-souris se tient toujours devant 4-Trine et lui montre toutes ses dents... **TRÈS PROÉMINENTES !**

— O.K. ! réfléchit Zoé. Je vais contourner le château et surprendre la créature en bondissant comme une vraie chasseresse de... VAMPIRES !

SVIOUCH !

Zoé court rapidement se cacher derrière l'une des grandes tours tordues.

Soudain, une voix se fait entendre...

— Vous devriez quitter cet endroit pendant qu'il en est encore temps, jeune fille...

Près de Zoé, un visage tout de pierre décide de lui faire la conversation.

OUAH!

Zoé sursaute.

— J'ai quelque chose de TRÈS IMPORTANT à vous révéler...

— Je n'ai pas de temps à perdre, car je dois sauver la vie de mon amie. ÇA! c'est plus important, je pense...

Zoé se précipite en brandissant son ridicule bricolage qui ressemble vaguement à une croix.

— **Retourne en enfer, créature du diable** ! gueule-t-elle, debout devant la chauve-souris, qui se met aussitôt à pleurer.

— Je vous en prie, ne me faites pas de mal ! implore Gaspard.

4-Trine tape du pied sur la dalle devant l'entrée. Elle n'a pas l'air très contente...

Les grosses larmes de Gaspard tombent sur la pierre et forment d'énormes flaques. Zoé, honteuse, cache son bricolage dans son dos.

— **Regarde ce que tu as fait** ! l'engueule son amie. C'était quoi, cette idiotie que tu as fabriquée... **un X** ?

— **Mais c'est toi qui m'as dit de faire une croix** ! Je n'ai fait que t'obéir ! Et puis, je t'ai vue, tu m'as fait signe de venir...

— D'abord, tu as fait un stupide X, pas une croix, et je t'ai fait le signal de rester où tu étais, et tu as confondu. Excuse-toi auprès de lui, tu l'as effrayé...

Zoé s'approche d'un air piteux de Gaspard, qui accepte ses excuses en pleurnichant. 4-Trine offre sa pomme au gardien du château, et comme promis... IL OUVRE LES PORTES !

À l'intérieur, les deux amies sont très étonnées de voir une grande plante qui monte très haut vers le sommet du château.

— Il n'y a rien d'autre, en déduit 4-Trine. Il faut l'escalader...

Après de nombreux efforts et grincements de dents, finalement, les voilà qui atteignent le sommet de la plus haute tour. Là, avant même qu'elles ne puissent réagir, un nuage de poudre orangée leur tombe dessus et leur couvre la tête et les épaules.

Zoé éternue plusieurs fois. Lorsqu'elle ouvre les yeux, 4-Trine a disparu. Devant elle, il y a maintenant un grand trou dans le mur. Elle jurerait qu'il n'y était pas, un peu plus tôt...

Elle s'y glisse et y découvre tout un mobilier...
## POUR PERSONNE RÉDUITE !

Une boîte d'allumettes vide transformée en lit, des boutons à trous et des allumettes formant une chaise et des bancs, une bobine de fil à coudre en guise de table constituent le décor...

— Il n'y a aucun doute, quelqu'un a déjà habité ici, conclut Zoé. Et ça doit faire longtemps qu'il est parti, car il y a des toiles d'araignée partout...

Des bruits de pas assourdissants font vibrer le sol...

Les pas se rapprochent de l'entrée du trou. On dirait un géant qui vient par ici, c'est SUPER certain. Zoé s'éloigne et se colle dos au mur.

Les pas cessent et un visage gigantesque apparaît... LE VISAGE D'UNE JEUNE FILLE AUX YEUX TRÈS BLEUS !

— Inutile de te cacher, Zoé ! dit-elle d'une voix à faire trembler les murs. Je sais que tu es là parce que c'est moi qui t'y ai mise.

Zoé se choque.

Ne craignant pas le danger, elle s'approche du grand visage en gueulant :

— ALORS SI TU ES LA RESPONSABLE DE MA CONDITION, TU VAS ME REDONNER TOUT DE SUITE MA TAILLE NORMALE, ESPÈCE DE SORCIÈRE !

# — PAS QUESTION ! refuse la

géante. C'est fou comme ça me fait plaisir de me faire traiter de sorcière. Oui, vraiment...

## J'adore !

La géante souffle sur Zoé et la fait tomber sur le derrière...

— Ce que tu peux être rigolote ! Je vais te garder pour moi, pour toujours, dans mon trou de souris. Ma sœur Odéna sera folle de jalousie...

# _non !

— intervient justement Odéna, qui vient d'apparaître derrière elle. Tu vas la laisser partir. Tu ne peux pas garder Zoé comme un simple animal domestique, tu en as assez fait. Tous ces mauvais sorts que tu as jetés aux gens, ça suffit…

Xaria s'emporte et colle le bout de son nez sur celui de sa sœur Odéna.

Zoé sort en vitesse du trou pour observer la scène. 4-Trine arbore une mine déconfite lorsqu'elle aperçoit son amie qui lui fait de grands signes avec ses bras...

— Rends-lui sa taille normale, insiste Odéna...

# TOUT DE SUITE !

À contrecœur, Xaria recule et laisse tomber une poignée de poudre jaunâtre sur Zoé.

En quelques secondes, elle retrouve sa taille et son amie 4-Trine. La dispute entre les deux sœurs sorcières est cependant loin d'être terminée...

— Maintenant, poursuit Odéna, nous avons fait assez de mal aux gens. Nous allons retourner d'où nous venons, dans ce foutu film d'horreur...

— **PAS QUESTION !** s'oppose vivement sa sœur. Et passer l'éternité à refaire les mêmes gestes et répéter les mêmes scènes chaque fois que quelqu'un loue ce film à la con ?

— C'est notre punition ! lui rappelle sa sœur Odéna. N'oublie pas... si tu n'avais pas volé les FOUTUES poudres dorées du FOUTU grand sorcier, nous ne serions pas prises avec cette FOUTUE malédiction...

Xaria respire maintenant plus calmement. Elle fixe le plancher. Une larme solitaire coule sur sa joue.

— Je sais que pour rester hors du film, il faut, tous les jours, jeter des mauvais sorts à tous ceux qui l'écoutent, poursuit Odéna. Mais ces gens sont TOTALEMENT innocents, ils n'ont absolument rien fait qui mérite cela. Retourner dans le film est la seule façon de trouver la paix. Que veux-tu, un jour peut-être, quelqu'un viendra nous délivrer...

— Penses-tu ? lui répond Xaria en soupirant. Nous sommes loin d'être des belles au bois dormant qui attendent un baiser d'un certain prince charmant, tu sais... NOUS SOMMES DES SORCIÈRES ! Rappelle-toi.

Le visage de 4-Trine s'illumine.

— Toi, tu as une idée, n'est-ce pas ? remarque Zoé...

4-Trine fouille dans son sac pour en sortir le boîtier de plastique contenant le film.

— Et s'il n'y a plus de film, dit-elle aux sorcières, il n'y a plus de malédiction ?

Un magnifique sourire traverse le visage de Zoé.

— PLUS DE FILM ! PLUS DE MALÉDICTION ! s'écrie-t-elle...

**43**

Les deux sorcières se questionnent du regard.

— Est-ce que ça pourrait être aussi simple ? disent-elles à l'unisson.

Elles se retournent ensemble vers 4-Trine en hurlant :

# Vas-y ! Fais-le !

4-Trine sort le disque du boîtier et le tient solidement entre ses deux mains. Zoé se croise les doigts. Xaria et Odéna se tiennent dans les bras l'une de l'autre.

En le serrant fort dans ses mains, 4-Trine tord le disque qui se brise en plusieurs morceaux.

**CRAAAC !**

Autour d'eux, le vent s'élève et, soudain, se forme un nuage rempli de visages maléfiques. Zoé et 4-Trine ferment les yeux. Le nuage lugubre se met à tourner autour des jeunes sorcières pour ensuite disparaître dans les profondeurs du château.

Nos deux amies ouvrent les yeux. Odéna et Xaria sont toujours enlacées.

— Et bien, je crois que j'ai complètement perdu l'envie de jeter des mauvais sorts, pense Xaria. Et toi, Odéna ?

# IDEM

— J'espère que nous avons toutefois conservé nos pouvoirs magiques.

Odéna jette un peu de poudre turquoise sur la tête de sa sœur et la transforme en joli petit chaton...

## MIAOU !

Quelques poussières d'une autre poudre et la voilà qui retrouve son apparence d'origine. Les deux sorcières se sautent mutuellement dans les bras. Zoé et 4-Trine se réjouissent, elles aussi.

Odéna et Xaria s'approchent d'elles.

— Comment pouvons-nous vous remercier de nous avoir délivrées ? demande Odéna...

— **OUI !** comment ? insiste Xaria.

Zoé et 4-Trine se regardent.

— Vous êtes sûres d'avoir conservé vos pouvoirs ? reprend Zoé. Nous allons penser à quelque chose, rien ne presse...

— Pouvez-vous nous aider à toujours avoir 10 sur 10 ou A$^+$ dans nos examens ? demande 4-Trine...

— **OUI ! méga** facile ! répond Xaria.

— 4-TRINE ! s'oppose Zoé...

— **SILENCE !** sinon elle te transforme en souris encore une fois !

4-Trine sourit à Xaria et prend son bras sous le sien.

— Je pense que nous allons devenir toutes les quatre les meilleures...

— Nous avons préparé un **SUPER** bon ragoût ! leur dit Odéna. VENEZ ! Allons célébrer notre liberté...

Zoé se penche au-dessus du grand chaudron...

4-Trine jette un coup d'œil elle aussi, puis pars en courant...

— **MAIS OÙ VAS-TU, 4-TRINE ?** veut comprendre Xaria. **TU N'AS PAS FAIM ?**

Retourne ton roman

# TÊTE-BÊCHE

pour lire l'histoire de

4-Trine

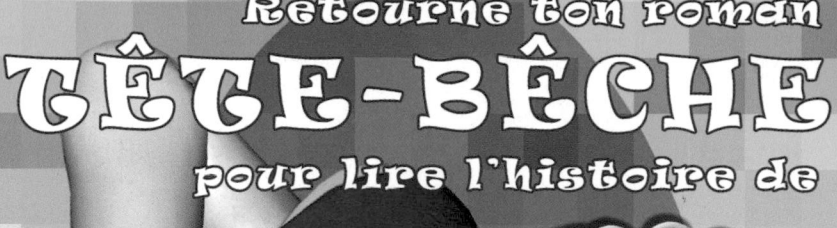

Retourne ton roman **TÊTE-BÊCHE** pour lire l'histoire de ZOÉ

# RÉSUMÉ

## 4-Trine

NON ! nous n'avons plus les sorcières que nous avions autrefois ! elles avaient un grand nez avec une verrue poilue et s'habillaient tout en noir. OUI ! elles étaient vieilles et très laides...

AUJOURD'HUI c'est très différent, elles sont jeunes et belles, elles portent des fringues d'enfer et font tourner la tête de tous les garçons de l'école... PLUSIEURS FOIS !

EH OUI ! une chose par contre n'a cependant pas changé du tout, elles sont toujours aussi... CRUELLES ET MÉCHANTES !

Boomerang éditeur jeunesse remercie la SODEC pour l'aide accordée à son programme éditorial.

ISBN-10 : 2-89595-188-8
ISBN-13 : 978-2-89595-188-9

Imprimé au Canada

Dépôt légal : Bibliothèque et Archives nationales du Québec, 4e trimestre 2006

Gouvernement du Québec – Programme de crédit d'impôt pour l'édition de livres – Gestion SODEC

Boomerang éditeur jeunesse inc.
Québec (Canada)

Courriel : edition@boomerangjeunesse.com
Site Internet : www.boomerangjeunesse.com

Modèles numériques fournis par : Daz 3D, Renderosity, HandspanStudio, ThorneWorks, Patrick A. Shields, TrekkieGrrrl, HIM666, Amber Jordan, Maya, Laura Gilkey, 3dmodelz, Aya-Zoozi, Poism, Jen, Jaguarwoman, Uzilite, Nymesis, Epken, HMG Designs, Quarker, Anton's FX, 3D Universe, Hankster, Gerald Day, Palladium 17, HMann et plusieurs autres…

Il était **2** fois...

J'ai un peu le trac !

Bon ! Alors c'est moi qui vais lui expliquer. Il était **2** fois... est un roman TÊTE-BÊCHE, c'est-à-dire qu'il se lit à l'endroit, puis à l'envers.

NON ! NE TE METS PAS LA TÊTE EN BAS POUR LE LIRE... Lorsque tu as terminé une histoire, tu peux retourner le livre pour lire l'autre version de cette histoire. CRAQUANT, NON ? Commence par le côté que tu désires : celui de 4-Trine ou mon côté à moi... Zoé !

J'peux continuer ? BON ! Et aussi, tu peux lire une histoire, et lorsque le texte change de couleur, retourne ton livre. À la même page de l'autre côté, tu vas découvrir des choses...

Deux aventures dans un même livre.

Tu crois qu'elle a capté ?

CERTAIN ! Elle a l'air d'être aussi brillante et géniale que nous...

nous allons commencer par les présentations

ZOÉ

non mais, quelle tête!

4-Trine

Chouchoute du prof!!! ARCHI FAUX! qui a écrit ce mensonge odieux! Je vais le dire au prof... Euh! Laissez faire!

4-Trine, avant c'était Catherine... Elle est la preuve qu'il y a de la vie sur une autre planète... BLAGUE

ma meilleure chumie!

ALeX Si tu le trouves mignon, prends un numéro, car tu n'es pas la seule...

FRÈRE DE ZOÉ

Bon! elle... c'est notre prof... Gentille? Des fois oui!

Capucine ou te capu méchante te capu

C'est la chatte de... 4-trine! Tu as deviné à cause des pics roses sur sa tête, hein? COOL!

Poupou Vaudée sert à jeter toutes sortes de sortilèges... AUX GARÇONS!

Poupoulidou est un petit extraterrestre qui ne désire qu'une chose: anéantir la race humaine... Mais sa maman ne veut pas car ce n'est pas bien...

vendredi matin, juste quelques minutes avant le début des classes. Zoé et 4-Trine regardent les autres élèves qui arrivent dans la cour.

Comme elles, ils sont tous très silencieux. C'est assez étonnant en cette dernière journée d'école. D'habitude, une belle euphorie règne partout.

**OUAIS !** il y a une très bonne raison à cela : il s'est passé des choses depuis le début de la semaine… **DES CHOSES ÉTRANGES !** « Des choses dont il vaut mieux ne pas parler ! » insistait la grand-mère de Zoé…

Charles arrive près d'elles…

4-Trine lui sourit.

— Eh, Charles, ça va aujourd'hui ?

— Beaucoup mieux ! répond le jeune garçon, qui venait de vivre toute une aventure.

— Ta tête était complètement retournée de l'autre côté de ton corps, du côté de ton dos, 90 degrés, se rappelle Zoé. Je ne comprends pas que tu ne sois pas à l'hôpital ce matin… Mais comment est-ce arrivé ?

**POUAH !**

5

— Je ne sais pas, raconte Charles. Je marchais tout bonnement comme ça, sur le trottoir. Je n'ai pas été happé par un camion comme plusieurs le pensaient, **non** ! Je regardais tout simplement deux filles qui étaient assises sur le bord de la fenêtre du club **Vidéo Pop** lorsque tout à coup,

**YOOOOOOCHÂÂÂ !**

ma tête s'est complètement retournée. J'ai réussi à retenir mes larmes mais j'étais tellement paniqué.

**4-Trine entre dans une profonde réflexion.**
« DEUX FILLES ! DEUX FILLES ! se répète-t-elle. Ce n'est pas la première fois que j'entends parler de ce genre d'histoire ! NON ! pas du tout ! Deux filles, deux filles mystérieuses ! C'était quand la dernière fois ? cherche-t-elle à se rappeler. OUI ! je sais maintenant ! C'est Louis, mon voisin. Il m'avait raconté qu'au baseball, son équipe avait subi toute une raclée lors des finales parce que dans l'équipe adverse, il y avait DEUX FILLES qui frappaient des coups de circuit chaque fois qu'elles venaient au bâton... »

« **EN PLUS !** les pantalons de tous les garçons de son équipe se sont retrouvés baissés comme ça, sans aucune raison, devant tous les parents dans les estrades. C'ÉTAIT TRÈS TRÈS HUMILIANT ! Louis m'a confié qu'il ne voulait plus jamais sortir de la maison tellement il avait honte... Toute cette histoire est très bizarre... **méga BIZARRe** ! »

6

Elle se tourne vers son amie Zoé…

Elles sont muettes toutes les deux, mais leur regard est des plus éloquents. Charles observe Zoé, ensuite 4-Trine…

— Qu'est-ce que vous avez, les filles ? J'ai dit quelque chose qu'il ne fallait pas ?

— Non, Charles ! le rassure Zoé.

— T'en fais pas Charles, lui dit 4-Trine en le prenant par le cou. Tu vas mieux, c'est ce qui compte.

La sonnerie de l'école retentit.

Charles, Zoé et 4-Trine se dirigent vers le gymnase, parce que ce matin, c'est le cours d'éducation physique.

Dans le gym, tous les élèves de la classe attendent le prof, Marco. Celui-ci, étrangement, n'a jamais l'habitude d'être en retard. Il est toujours très ponctuel et ne rate jamais un cours, même lorsqu'il est très malade…

Près de trois garçons qui font des paniers, 4-Trine commence à s'inquiéter…

— Je parie qu'il lui est arrivé quelque chose à lui aussi : ce n'est pas normal, cette situation.

Elle demeure immobile, le regard braqué vers les portes fermées du gymnase.

— Vous n'avez pas idée de ce qui m'est arrivé

hier soir, commence à raconter Manuel, un des garçons près d'elle. Après avoir regardé un film de sorcières, je suis allé acheter du lait chez Tong Pou, le dépanneur.

4-Trine tend l'oreille…

— Quand je suis allé payer à la caisse, en plongeant ma main dans ma poche pour prendre l'argent, j'ai eu de curieux petits chatouillements sur le bout de mes doigts. Lorsque j'ai retiré ma main, tout plein de cafards sont sortis de ma poche. Dégueu… Je n'ai encore aucune idée d'où ils provenaient…

— **YERK !** lance Marco.

— Tong Pou m'a foutu à la porte et je suis revenu à la maison les mains vides. J'avais beau essayer d'expliquer à mes parents ce qui venait de se passer, ils ne me croyaient pas. Tous les deux pensent que je me suis acheté une barbotine et empiffré de cochonneries. Résultat : je suis privé de jeux vidéo et de sorties pour toute la semaine prochaine…

Soudainement, une des portes du gymnase s'ouvre lentement en grinçant. Tous les élèves se taisent en même temps ! Le bruit d'un ballon solitaire qui bondit s'estompe à mesure que ses sauts diminuent…

Une main colorée glisse dans l'ouverture et un homme, le visage maquillé à la façon d'un tigre, apparaît. Un silence lugubre envahit le gymnase. La porte s'ouvre complètement…

ÉCOLE
WOOPIVILLE

10

L'homme porte les mêmes stries noires sur toute la peau orangée de son corps. Éberlués, tous les élèves demeurent muets.

Il referme doucement la porte derrière lui. Zoé lance un regard à 4-Trine.

— Si c'est celui que je pense, chuchote 4-Trine, mon doute est malheureusement fondé. Il se passe des choses pas très NORMALES à Woopiville...

— Je tiens, avant que nous débutions, commence à dire l'homme costumé...

Tous les élèves reconnaissent la voix de Marco, le professeur d'éducation physique.

— MAIS EST-CE BIEN VOUS, MONSIEUR ? demande Maxime. Cet accoutrement est votre nouveau costume pour faire de l'exercice ?

— Pensez-vous pouvoir courir plus vite avec ce costume, monsieur ? se moque Étienne. Vous voulez courir comme un léopard...

— Un guépard tu veux dire, le reprend son professeur. Et puis je n'ai pas de taches, mais des lignes. Je suis donc un tigre, si tu ne l'as pas remarqué...

— UN TIGRE ! répète Étienne, qui poursuit son petit manège. Mais monsieur, vous n'allez tout de même pas nous dévorer, j'espère...

Plusieurs élèves se mettent à rire. Zoé campe ses poignets sur ses hanches.

— Vraiment con Étienne, des fois, souffle-t-elle à 4-Trine...

Étienne continue :

— Parce que si vous avez un petit creux, ne nous mangez pas, je vous en prie. Je crois que ma mère m'a fait un **DÉLICIEUX** sandwich à la viande de ZÈBRE ! Si vous le voulez, il est dans ma boîte à lunch dans mon casier...

Le professeur soupire profondément.

— Aujourd'hui, Étienne, tu tombes vraiment mal, car je suis de très mauvais poil...

Étienne se retourne vers les autres élèves.

— **DE TRÈS MAUVAIS POIL !** répète-t-il très fort. Poil, tigre, vous la captez celle-là ?

— Alors vous allez donc commencer par faire cinquante fois le tour du gymnase, au pas de course progressif.

Plusieurs élèves manifestent leur mécontentement...

Le professeur poursuit :

— Ensuite, vous me ferez tous trois séries de vingt-cinq *push-up*...

Abattus par la somme d'exercices à accomplir, les élèves baissent les épaules de découragement...

— N'oubliez pas que tout cela est une gracieuseté de votre ami de classe...

C'est maintenant au tour d'Étienne de se faire huer.

**CHOOOOUUUUUUUU !**

Zoé et 4-Trine font toutes les deux quelques tours puis s'arrêtent devant leur professeur qui, assis sur un banc, la tête entre les genoux, regarde le plancher.

— Est-ce que ça va, monsieur Marco ? lui demande Zoé d'une toute petite voix.

Le bruit des pas des autres élèves qui courent fait écho sur les murs.

Marco lève la tête...

— Je ne sais pas comment c'est arrivé, essaie-t-il encore de comprendre. Je sais que j'ai un problème d'allergie aux poils de chat, mais ceci est complètement ridicule...

4-Trine examine les bras de son professeur.

— Avez-vous touché un chat hier ? lui demande Zoé.

— NON ! pas que je me souvienne. Je suis allé au club vidéo pour louer deux films : un drame d'espionnage et un autre...

## D'HORREUR !

— Ça ne peut pas être une réaction allergique, en déduit 4-Trine. Vous avez même des poils de la couleur de celle d'un tigre. C'est autre chose...

Un hurlement de terreur retentit soudain...

Dans le coin le plus éloigné du gymnase, tous les élèves accourent vers Nadine...

Zoé, 4-Trine et leur professeur se précipitent eux aussi. Nadine est agenouillée au milieu de tous les autres élèves. Elle pleure, elle tremble. Partout sur son corps viennent de pousser des dizaines de pustules tout à fait répugnantes.

— Exactement comme dans le film d'horreur qu'elle a regardé avec Sara, dit Zoé à 4-Trine.

Soudain, Sara se met, elle aussi, à crier...

Tous se retournent vers elle. Sous sa peau, une forme sinueuse se promène librement... UN GROS VER !

Dégueulasse ! à vomir !

À la demande pressante de monsieur Marco, Zoé court chercher l'infirmière de l'école. En constatant l'état des deux jeunes filles, elle n'a d'autre choix que de demander l'aide de la police qui, craignant une épidémie virulente, informe les autorités de la ville.

L'école est très vite mise en quarantaine et tous les élèves doivent passer un examen sévère avant de pouvoir recouvrer leur liberté, plus tard dans la journée...

— Je me tue à vous dire que c'est complètement inutile, ce que vous faites, essaie de leur faire comprendre 4-Trine.

Un médecin enroule son bras pour lui prélever un peu de sang.

— Ce n'est pas un virus ou une épidémie, c'est autre chose, de la magie noire, je crois, s'époumone-t-elle devant deux policiers qui la surveillent très attentivement. Vous ne trouvez pas cela étrange que les trois personnes qui en sont victimes ne présentent pas les mêmes symptômes ?

Le médecin arrête la course de son aiguille qu'il dirigeait vers la veine de 4-Trine.

L'un des policiers s'esclaffe...

# HI! HI! HI! HI!

— Tu écoutes trop de films d'horreur, jeune fille.

— Je crois que c'est précisément un film d'horreur qui en est la cause, leur avoue 4-Trine le plus sérieusement du monde.

Le médecin se met à rire à son tour, avant de planter l'aiguille dans le bras de 4-Trine…

— **VOUS M'AVEZ FAIT MAL** !

Quelques minutes plus tard, la voilà enfin libérée, comme son amie Zoé, qui l'attend à l'extérieur…

— CE SONT DES **maniaques** ! se plaint-elle en arrivant près de Zoé et Charles. Ils ont failli me disséquer comme une vulgaire grenouille de laboratoire…

— HÉ HOOOO ! YO ! arrête tes lamentations, nous avons du boulot, lui intime son amie Zoé. J'ai comme l'idée que tous les malheurs qui frappent la ville proviennent d'un

simple film. Premièrement, il faut donc que nous regardions ce film.

— C'est ce que je pense moi aussi, lui dit 4-Trine. J'ai compris qu'il y avait un lien entre tous ces incidents : UN FILM ! Mais il y a un GROS PROBLÈME ! Comment crois-tu que nous allons le trouver, ce film, si TOUT LE MONDE en a pris un exemplaire ?

Zoé lui montre celui de Charles.

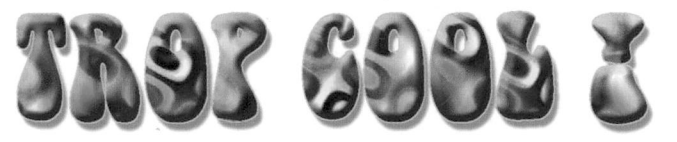

— Dans une heure chez moi, leur dit 4-Trine, après les devoirs. Nous allons visionner ce film de sorcières... ENSEMBLE !

BILOU ! BILOU ! BILOU !

Vingt minutes plus tard, dans sa chambre, 4-Trine décroche le téléphone, qui ne cesse de sonner.

— QUOI ENCORE, CHARLES ?

Au bout du fil, silence...

— Co-comment as-tu fait pour savoir que c'était moi ?

— Je suis devineresse ! lui répond 4-Trine.

Qu'est-ce que tu penses ? C'est la quatrième fois que tu m'appelles en dix minutes. Qu'est-ce que tu veux encore ?

— C'est que Zoumi est avec moi et il voudrait te parler.

4-Trine lève les yeux au ciel. Zoumi est ce garçon qui lui court après depuis un certain temps. Pas Cap ! Il est très gentil, mais elle a d'autres projets d'avenir, comme elle le dit si bien, genre... Mathieu qui, lui, possède un scooter, un vrai...

— Est-ce que vous allez bien, 4-Trine ? merci ! lui demande Zoumi, qui a pris le téléphone.

— Zoumi ! Combien de fois est-ce que je t'ai dit de ne pas me vouvoyer ? J'ai l'impression d'être ta grand-mère. Et puis cesse de terminer chacune de tes phrases par le mot *merci*...

— C'est que dans mon pays, il est coutume de parler très poliment à l'étoile de notre cœur.

4-Trine n'en peut plus...

— Écoute-moi bien, Zoumi. Tout d'abord, je ne

suis pas une étoile, et puis si tu regardes par la fenêtre, tu vas t'apercevoir que tu n'es pas dans ton pays.

Dans le récepteur du téléphone, un grand silence.

— ALLÔ ! ZOUMI ! fait 4-Trine. Tu es encore là ?

Soudain, un bruit se fait entendre, suivi de la voix de Charles.

— Non ! lui répond-il. C'est moi, Charles.

— Mais où est parti Zoumi ? Pleurer dans un coin ?

— Non ! il regarde par la fenêtre, je ne sais pas ce qu'il cherche.

PAS POSSIBLE !

— Vous pouvez venir chez moi tous les deux, mais je te préviens, lui dit 4-Trine sérieusement, si Zoumi essaie encore une fois de m'embrasser, je lui fais manger tout le maïs soufflé... SANS LE SORTIR DU SAC ! COMPRIS ?

— PROMIS ! fait Charles. Nous serons chez toi dans environ une demi-heure.

4-Trine raccroche.

— BON ! commence-t-elle à s'impatienter. Est-ce que je peux travailler tranquille maintenant ?

**19**

# PAS DU TOUT !

À peine deux ou trois secondes plus tard, le téléphone sonne encore...

BILOU ! BILOU ! BILOU !

— QUOI ENCORE !

— MAIS QU'EST-CE QUE TU FOUTAIS ? lui lance Zoé. Tu passes ton temps au téléphone au lieu de travailler ? À qui causais-tu ?

— Laisse faire, ce n'est vraiment pas important.

— Tu parlais avec Zoumi, n'est-ce pas ? la taquine son amie. OUUUU ! ZOUMI !

— Est-ce que quelqu'un t'a déjà boudé, comme pendant... genre... tout un siècle ?

Zoé cesse d'asticoter son amie.

— Mais qu'est-ce que tu as ? Tu sembles énervée.

— Le téléphone ne dérougit pas et je n'ai même pas eu le temps d'ouvrir mes cahiers, se plaint-elle. Si ça continue, je vais QUADRUPLER mon année...

QUEL DRAME !

— Tu exagères comme ce n'est pas possible. Je t'appelais juste pour te dire que tout se confirme : mon frère Alex a lui aussi regardé ce film de

sorcières et depuis, il n'arrive plus à faire démarrer sa moto…

— Bon, je te laisse, lui dit Zoé… À TANTÔT !

Dans la chambre de 4-Trine, tout le monde est là : Zoé, Charles et Zoumi.
— Je peux m'asseoir près de vous, 4-Trine, merci ? lui demande poliment Zoumi.

—

Zoumi s'assoit quand même à côté d'elle.
4-Trine attrape le gros sac de maïs soufflé que Zoé a apporté.
Charles la regarde et lui fait signe d'être plus patiente envers Zoumi. 4-Trine ouvre le sac et le tend à Zoumi.

— Merci ! Merci !

— Un seul ça suffit ! lui dit 4-Trine.

— UN SEUL GRAIN DE MAÏS ! s'étonne Zoumi. Ce n'est pas beaucoup ! Merci !

— nON ! lui précise-t-elle. Un seul merci ! Un seul merci, ça suffit.

— Merci ! répète Zoumi en faisant les yeux doux à 4-Trine qui, elle, regarde au plafond.

Zoé, agenouillée devant la télé, insère le disque dans le lecteur. 4-Trine appuie sur la *zappette*. L'écran sursaute et scintille.

— OUAH ! MERCI ! s'écrie Zoumi.

À côté de lui, 4-Trine sursaute.

— IDIOT ! s'exclame-t-elle. Tu ne vas pas dire merci chaque fois que l'image saute ?

— OUAH ! MERCI ! s'écrie à nouveau Zoumi lorsqu'il aperçoit l'image à l'écran, l'image d'un paysage plutôt austère : des arbres morts, un champ dénudé de végétation, des roches, rien d'autre. Tous les quatre observent, muets.

Zoé recule vers ses amis en ne quittant pas la télé du regard. 4-Trine appuie sur le bouton, car il n'y a aucun son. La ligne verte du curseur se balade sur l'écran. TOUJOURS RIEn ! Elle fait grimper la puissance au maximum. Seul le grésillement du haut-parleur brise le silence.

Soudainement, Charles pointe l'écran.

— Je me rappelle avoir vu cette scène hier, mais il y avait deux filles et maintenant elles ne sont plus là !

Zoé regarde 4-Trine...

— Tu en es certain ? lui demande 4-Trine.

— Et puis il y avait un titre, de la musique, du son...

4-Trine fait avancer le film plusieurs fois, mais sur l'écran n'apparaît que ce paysage étrange...

La peur s'empare de Charles qui, avec raison, craint que ne lui arrive un autre malheur.

— Bon, alors vous avez vu...

Il se lève et se dirige vers la porte.

— Mais qu'est-ce que nous avons vu ? demande Zoé. Nous n'avons absolument rien aperçu.

Zoumi le suit.

— **OH LÀ LÀ !!!** j'allais presque oublier, dit-il. Je dois sortir mon chien pour sa petite randonnée quotidienne.

Zoé et 4-Trine ne comprennent pas du tout !

— Mais tu n'as même pas de chien ! lui rappelle Zoé.

Charles est visiblement très apeuré.

— VOU-VOUS VOYEZ ! répond-il en bafouillant. Je dois même aller m'en acheter un...

Et il les quitte avec son ami Zoumi en laissant la porte ouverte.

Zoé regarde 4-Trine d'un air éberlué.

— Mais qu'est-ce que c'était que cette scène ? Il avait réellement peur, non mais, tu as vu ?

**MÉGA ÉTRANGE !**

— Nous n'avons pas du tout besoin de ces pleutres, lui répond 4-Trine. Nous allons découvrir, nous, ce qui se passe avec ce film et ses supposées sorcières.

Zoé et 4-Trine examinent l'écran, qui n'a toujours pas changé. C'est toujours le même paysage gris. L'image saute quelquefois, c'est tout.

— Reconnais-tu cet endroit ? demande Zoé à son amie.

4-Trine s'approche de la télé et remarque qu'en regardant de côté, elle peut apercevoir une étrange construction en pierre...

— Je vois quelque chose, s'exclame-t-elle, le visage collé sur l'écran.

Zoé s'approche et aperçoit, elle aussi, le château. Elle s'éloigne de la télé et reconnaît maintenant le paysage.

— C'est ici, tout près de Woopiville, s'exclame-t-elle alors. Ce paysage, c'est la butte du diable.

4-Trine se place à côté d'elle.

— TU AS RAISON ! Mais il n'y a pas de château là-bas. Nous avons visité ce coin tellement souvent avec l'école que je m'en souviendrais. Un château n'est pas une chose qu'un enfant oublie.

— Tu as des billets d'autobus ? Allons-y tout de suite, lui annonce Zoé.

Autobus 45, en direction de la butte du diable. C'est le temps pour Zoé et 4-Trine de lire une page ou deux de leur bande dessinée préférée.

# Poupoulidou PART 15

L'éminent docteur Bobosteindou a décidé de se pencher sur le cas très particulier de Poupoulidou.

Ce qu'il voit dans les yeux de son jeune patient l'inquiète vraiment...

# C'EST LA TERRE QUE LE DOCTEUR VOIT DANS SES DEUX YEUX !

(Au cas où vous ne l'auriez pas remarqué.)

Oh boy ! Oh là là ! Sapristi ! Zut ! Malheur ! Quoi ! Non ! Beurk ! Yerk ! Ouache ! Ce n'est pas vrai ! Pauvre lui ! Son avenir est compromis ! Je suis vraiment désolé ! Je vais faire mon possible ! Etc.

Le diagnostic du docteur fait sortir toutes les larmes du corps de la pauvre mère de Poupoulidou...

LA SUITE DANS LA PARTIE DE ZOÉ.

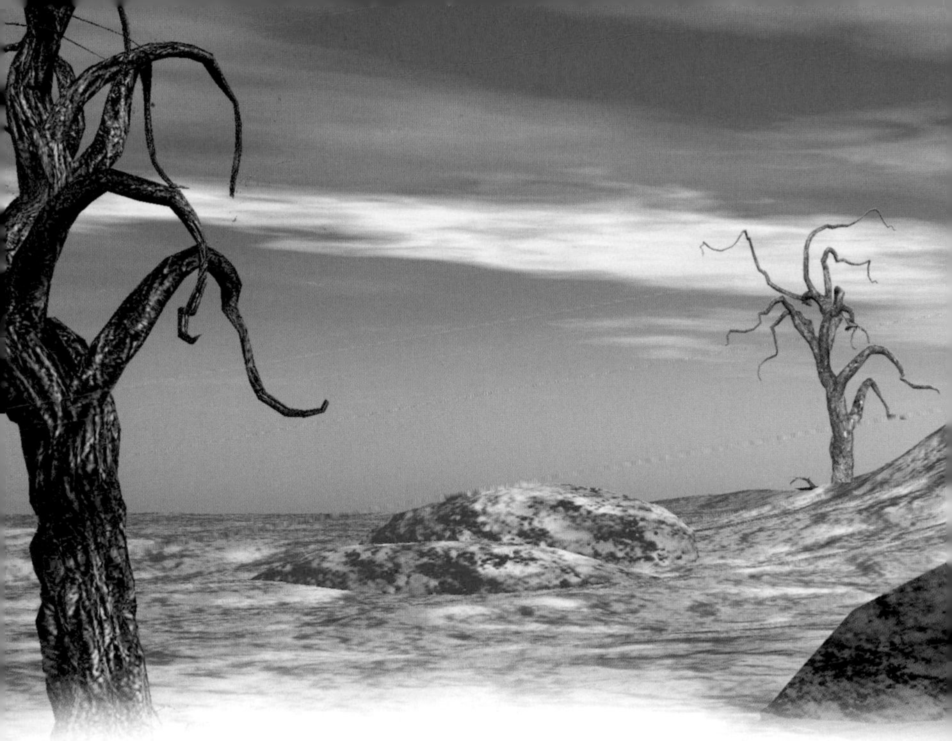

Dix minutes plus tard…

**PCCCHHHHH!**

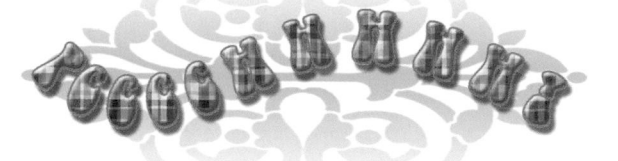

Les portes du bus s'ouvrent. Zoé et 4-Trine débarquent. Devant eux s'étalent de vastes étendues austères et grisâtres. Ça leur rappelle des souvenirs mais, la grande construction en pierre qu'elles aperçoivent là-bas au loin, c'est la première fois qu'elles la voient.

— C'est quoi ce château aux tours sinueuses et aux toits tordus ? fait Zoé, abasourdie. On dirait qu'il a été construit il y a des siècles, à l'époque médiévale.

4-Trine examine le château.

— Je pense qu'il n'y a qu'une explication logique, répond-elle à son amie. Il a toujours été là...

# N'iMPORTE QUOi !

— Mais qu'est-ce que tu dis ? crache Zoé. Nous sommes passées des centaines de fois sur cette route, nous l'aurions vu avant. IL SAUTE AUX YEUX !

— Il était sans doute invisible avant, ajoute 4-Trine.

Zoé la dévisage.

— Mais qu'est-ce que tu dis ? Tu dérapes...

— **non madame** ! je ne vois pas d'autres hypothèses.

4-Trine se dirige d'un pas décidé vers le château. À quelques mètres, elles rampent toutes les deux sur le sol pour ne pas être vues.

— **Je vais être toute crottée** ! se plaint Zoé, à plat ventre sur le sol.

— Arrête de chialer, tu vas nous faire repérer...

— Repérer par quoi ou par qui ? veut savoir Zoé. Des sorcières du film ?

— Par la chauve-souris qui garde l'entrée, lui répond 4-Trine.

Zoé lève un peu la tête et aperçoit une grande créature ailée perchée tête en bas à l'entrée du château.

— **C'est quoi cette horreur** ! s'écrie-t-elle en s'effondrant complètement sur le sol.

— Je ne sais pas, mais je pense que nous sommes dans une sorte de cauchemar ou un film. Je te parie qu'il y a des gens qui

nous regardent à la télé, confortablement assis dans leur fauteuil...

Zoé lève encore la tête pour examiner derrière elle.

— C'est la seule explication ! réfléchit 4-Trine. Le film de sorcières est possédé par une sorte de sortilège. Tous ceux qui le regardent sont en-voûtés...

— Je ne vois personne ! lance soudain Zoé, qui ne voit en effet absolument rien, même au loin, à l'horizon...

— Il n'y a qu'eux qui puissent nous voir, si ma théorie est bonne.

— Qu'est-ce qu'on fait avec madame ? demande Zoé.

— AVEC QUI ? MADAME QUI ?

— Madame la chauve-souris !

— Il n'y a qu'une façon de le savoir, dit 4-Trine. Allons vers elle. Il faut cependant prendre nos précautions. Je vais aller vers elle. Toi, tu fabriqueras un crucifix, avec cette branche-là par terre. Si j'ai un pépin, tu interviens.

— UN CRUCIFIX ! répète Zoé. Comme dans les films de vampires. Tu crois vraiment que ça va fonctionner ?

— Si nous sommes réellement, nous aussi, dans un film, en ce moment même...

4-Trine se lève lentement et se dirige vers l'entrée du château...

Au moment où elle arrive au sommet de l'échelle près de l'entrée, l'énorme chauve-souris ouvre les yeux et se redresse juste devant elle.

— Bonsoir ! fait sur un ton très poli l'étrange créature. Que nous vaut la très agréable surprise de votre visite ?

4-Trine, discrètement, fait un signe de la main dans la direction de Zoé pour lui signifier qu'elle maîtrise la situation et que la chauve-souris, bien que MÉGA monstrueuse, ne semble lui vouloir aucun mal.

— Vous n'allez pas vous abreuver de mon sang ? veut s'assurer 4-Trine.

— **Mais VOYONS, TRÈS CHÈRE** ! répond la chauve-souris en souriant. Mon nom est Gaspard, je suis le valet de ce château, et je suis... VÉGÉTARIEN !

Les paupières de 4-Trine se ferment à moitié.

— Vous mordez dans des fruits et vous en SUCEZ le jus ?

**EXACT !**

— Si vous me donnez une pomme, une orange ou une poire, je vous laisse entrer.

— OUI ! j'ai une pomme...

Mais lorsque 4-Trine fouille dans son sac pour en sortir le fruit, Zoé apparaît en menaçant la chauve-souris avec son ridicule bricolage...

**33**

— **Retourne en enfer, créature du diable** ! gueule-t-elle, debout devant la chauve-souris, qui se met aussitôt à pleurer.

— Je vous en prie, ne me faites pas de mal ! implore Gaspard.

4-Trine tape du pied sur la dalle devant l'entrée. Elle n'a pas l'air très contente...

Les grosses larmes de Gaspard tombent sur la pierre et forment d'énormes flaques. Zoé, honteuse, cache son bricolage dans son dos.

— **Regarde ce que tu as fait** ! l'engueule son amie. C'était quoi, cette idiotie que tu as fabriquée... **un X** ?

— **Mais c'est toi qui m'as dit de faire une croix** ! Je n'ai fait que t'obéir ! Et puis, je t'ai vue, tu m'as fait signe de venir...

— D'abord, tu as fait un stupide X, pas une croix, et je t'ai fait le signal de rester où tu étais, et tu as confondu. Excuse-toi auprès de lui, tu l'as effrayé...

Zoé s'approche d'un air piteux de Gaspard, qui accepte ses excuses en pleurnichant. 4-Trine offre sa pomme au gardien du château, et comme promis...

IL OUVRE LES PORTES!

À l'intérieur, les deux amies sont très étonnées de voir une grande plante qui monte très haut vers le sommet du château.

— Il n'y a rien d'autre, en déduit 4-Trine. Il faut l'escalader...

Après de nombreux efforts et grincements de dents, finalement, les voilà qui atteignent le sommet de la plus haute tour. Là, avant même qu'elles ne puissent réagir, un nuage de poudre orangée leur tombe dessus et leur couvre la tête et les épaules.

**35**

4-Trine éternue plusieurs fois. Lorsqu'elle ouvre les yeux, Zoé a disparu. Elle se sent un peu étrange; elle a comme l'impression qu'elle se trouve dans un autre endroit. Elle entend, provenant du bout d'un tunnel creusé dans la roche, un léger clapotis.

Il y a un cours d'eau pas très loin.

Elle s'y dirige et aperçoit une curieuse embarcation. Téméraire, elle se laisse flotter au gré du courant. C'est la seule façon de voir où il conduit...

Elle parvient à atteindre un rivage magnifique où poussent des grands palmiers et des fleurs exotiques. Dans un long fauteuil de plage est étendue une jeune fille. Les yeux fermés, elle semble se faire bronzer à l'aide d'un écran argenté qu'elle a placé sous son menton.

— Allô ! je m'appelle Odéna, et toi, tu es 4-Trine, pas avec un *K* ni avec un *C*, mais avec le chiffre 4. Je vois que toi aussi, tu aimes porter des lulus.

4-Trine est étonnée...

— Tu es une sorcière, n'est-ce pas ? lui demande-t-elle en connaissant pourtant déjà la réponse... C'est toi qui es responsable de tous nos problèmes.

Odéna se lève, s'approche de 4-Trine et lui lance une poignée de poudre bleue.

— MAIS QU'EST-CE QUE TU M'AS FAIT ? s'écrie 4-Trine. J'AI UNE QUEUE DE LÉZARD MAINTENANT.

— Sache que je n'aime point que l'on me traite de vulgaire sorcière, précise Odéna. Je suis une envoûteuse, c'est plus juste…

Odéna lance une autre poudre. Derrière 4-Trine, la longue queue écailleuse disparaît.

— Je crois que nous devrions remonter au sommet de la tour du château, suggère Odéna. Ma sœur Xaria est sûrement en train de faire passer un très mauvais quart d'heure à ton amie...

BURRITO !

— ZOÉ ! s'écrie 4-Trine.
Odéna lance un arc-en-ciel de poudre et toutes les deux se retrouvent auprès de Xaria...

non !

— intervient justement Odéna, qui vient d'apparaître derrière elle. Tu vas la laisser partir. Tu ne peux pas garder Zoé comme un simple animal domestique, tu en as assez fait. Tous ces mauvais sorts que tu as jetés aux gens, ça suffit...

Xaria s'emporte et colle le bout de son nez sur celui de sa sœur Odéna.

Zoé sort en vitesse du trou pour observer la scène. 4-Trine arbore une mine déconfite lorsqu'elle aperçoit son amie qui lui fait de grands signes avec ses bras...

— Rends-lui sa taille normale, insiste Odéna...

# TOUT DE SUITE !

À contrecœur, Xaria recule et laisse tomber une poignée de poudre jaunâtre sur Zoé.

En quelques secondes, elle retrouve sa taille et son amie 4-Trine. La dispute entre les deux sœurs sorcières est cependant loin d'être terminée...

— Maintenant, poursuit Odéna, nous avons fait assez de mal aux gens. Nous allons retourner d'où nous venons, dans ce foutu film d'horreur...

— **PAS QUESTION !** s'oppose vivement sa sœur. Et passer l'éternité à refaire les mêmes gestes et répéter les mêmes scènes chaque fois que quelqu'un loue ce film à la con ?

— C'est notre punition ! lui rappelle sa sœur Odéna. N'oublie pas... si tu n'avais pas volé les FOUTUES poudres dorées du FOUTU grand sorcier, nous ne serions pas prises avec cette FOUTUE malédiction...

**STUPIDE ERREUR !**

Xaria respire maintenant plus calmement. Elle fixe le plancher. Une larme solitaire coule sur sa joue.

— Je sais que pour rester hors du film, il faut, tous les jours, jeter des mauvais sorts à tous ceux qui l'écoutent, poursuit Odéna. Mais ces gens sont **TOTALEMENT** innocents, ils n'ont absolument rien fait qui mérite cela. Retourner dans le film est la seule façon de trouver la paix. Que veux-tu, un jour

peut-être, quelqu'un viendra nous délivrer…

— Penses-tu ? lui répond Xaria en soupirant. Nous sommes loin d'être des belles au bois dormant qui attendent un baiser d'un certain prince charmant, tu sais… NOUS SOMMES DES SOR-CIÈRES ! Rappelle-toi.

Le visage de 4-Trine s'illumine.

— Toi, tu as une idée, n'est-ce pas ? remarque Zoé…

4-Trine fouille dans son sac pour en sortir le boîtier de plastique contenant le film.

— Et s'il n'y a plus de film, dit-elle aux sorcières, il n'y a plus de malédiction ?

Un magnifique sourire traverse le visage de Zoé.

— PLUS DE FILM ! PLUS DE MALÉDICTION ! s'écrie-t-elle…

Les deux sorcières se questionnent du regard.

— Est-ce que ça pourrait être aussi simple ? disent-elles à l'unisson.

Elles se retournent ensemble vers 4-Trine en hurlant :

# Vas-y ! Fais-le !

4-Trine sort le disque du boîtier et le tient solidement entre ses deux mains. Zoé se croise les doigts. Xaria et Odéna se tiennent dans les bras l'une de l'autre.

En le serrant fort dans ses mains, 4-Trine tord le disque qui se brise en plusieurs morceaux.

## CRAAAC !

Autour d'eux, le vent s'élève et, soudain, se forme un nuage rempli de visages maléfiques. Zoé et 4-Trine ferment les yeux. Le nuage lugubre se met à tourner autour des jeunes sorcières pour ensuite disparaître dans les profondeurs du château.

Nos deux amies ouvrent les yeux. Odéna et Xaria sont toujours enlacées.

— Et bien, je crois que j'ai complètement perdu l'envie de jeter des mauvais sorts, pense Xaria. Et toi, Odéna ?

# IDEM

— J'espère que nous avons toutefois conservé nos pouvoirs magiques.

Odéna jette un peu de poudre turquoise sur la tête de sa sœur et la transforme en joli petit chaton...

## MIAOU !

Quelques poussières d'une autre poudre et la voilà qui retrouve son apparence d'origine. Les deux sorcières se sautent mutuellement dans les bras. Zoé et 4-Trine se réjouissent, elles aussi.

Odéna et Xaria s'approchent d'elles.

— Comment pouvons-nous vous remercier de nous avoir délivrées ? demande Odéna...

—  comment ? insiste Xaria.

Zoé et 4-Trine se regardent.

— **Vous êtes sûres d'avoir conservé vos pouvoirs ?** reprend Zoé. **Nous allons penser à quelque chose, rien ne presse...**

— Pouvez-vous nous aider à toujours avoir 10 sur 10 ou A$^+$ dans nos examens ? demande 4-Trine...

— OUI ! méGa facile ! répond Xaria.

— **4-TRINE !** s'oppose Zoé...

— SILENCE ! sinon elle te transforme en souris encore une fois !

4-Trine sourit à Xaria et prend son bras sous le sien.

— Je pense que nous allons devenir toutes les quatre les meilleures...

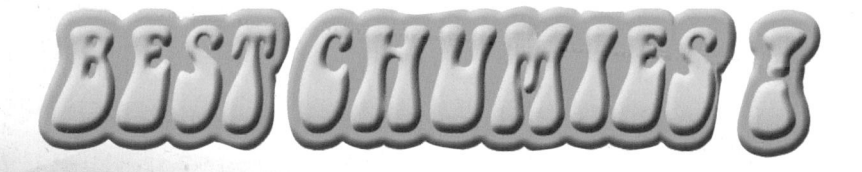

— **Nous avons préparé un** SUPER **bon ragoût !** leur dit Odéna. **VENEZ !** Allons célébrer notre liberté...

Zoé se penche au-dessus du grand chaudron...

4-Trine jette un coup d'œil elle aussi, puis pars en courant...

— MAIS OÙ VAS-TU, 4-TRINE ? veut comprendre Xaria. TU N'AS PAS FAIM ?

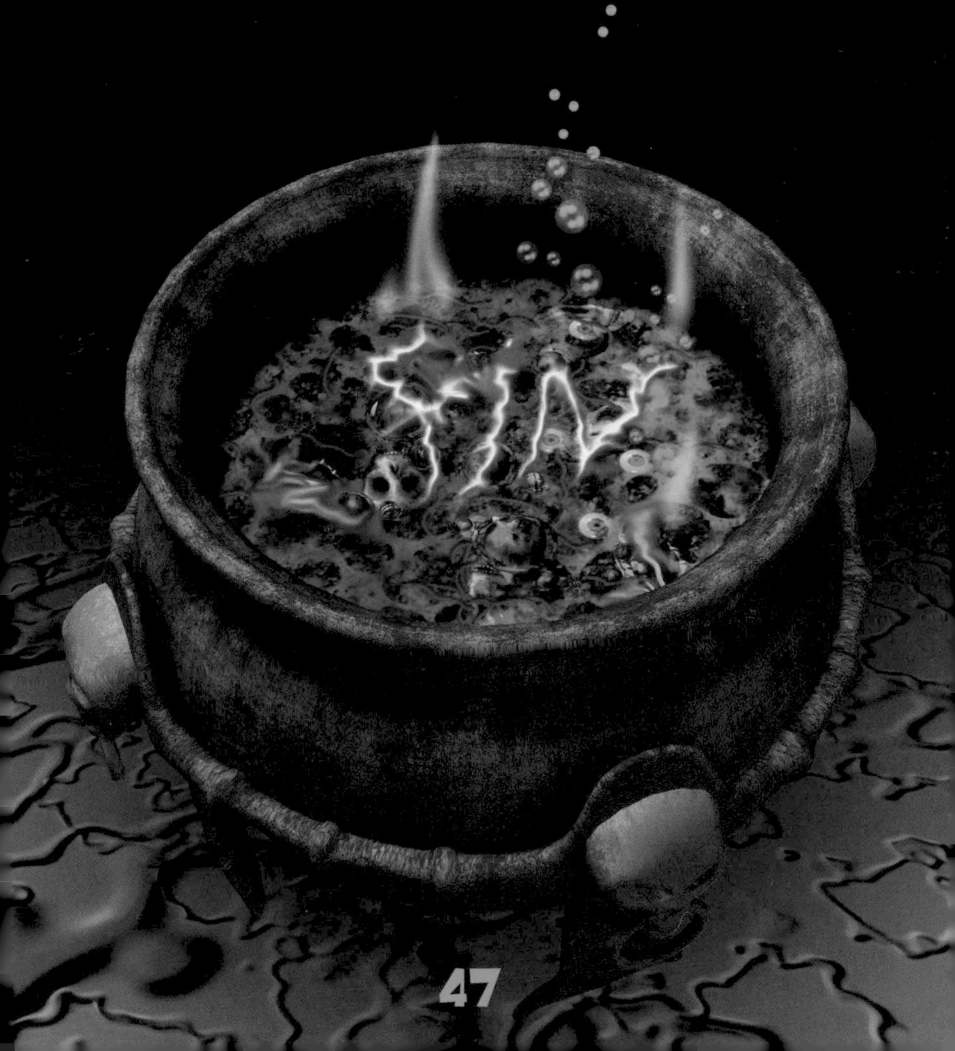